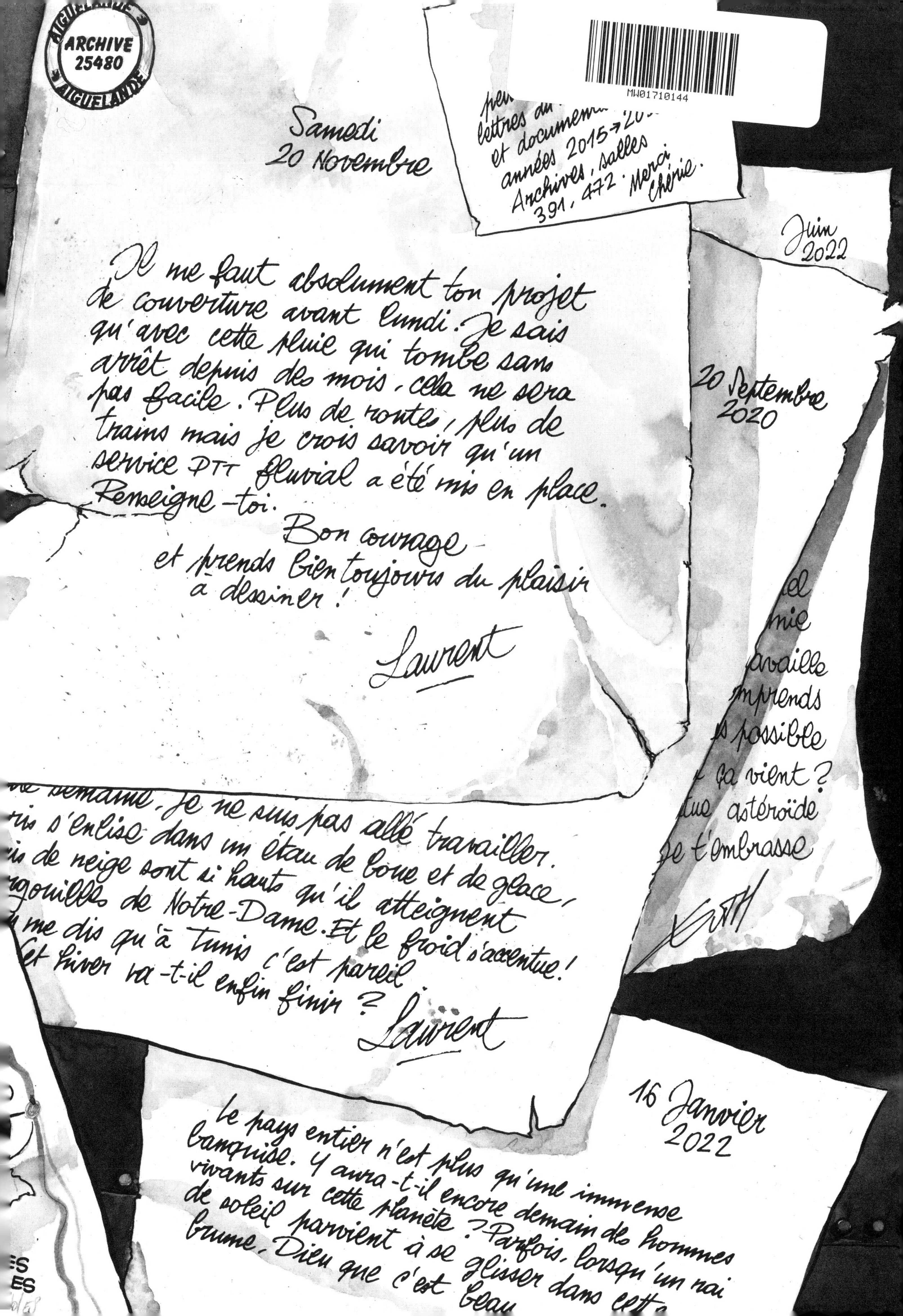
AIGUELANDE
ARCHIVE
25480
AIGUELANDE
lettres du
et documen
années 2015→20
Archives, salles
391, 472. Merci
Chérie.
Samedi
20 Novembre
Il me faut absolument ton projet
de couverture avant lundi. Je sais
qu'avec cette pluie qui tombe sans
arrêt depuis des mois, cela ne sera
pas facile. Plus de routes, plus de
trains mais je crois savoir qu'un
service PTT fluvial a été mis en place.
Renseigne-toi.
Bon courage
et prends bien toujours du plaisir
à dessiner !
Laurent
Juin
2022
20 Septembre
2020
vaille
mprends
s possible
ça vient ?
due astéroïde
je t'embrasse
semaine. Je ne suis pas allé travailler.
ris s'enlise dans un étau de boue et de glace.
is de neige sont si hauts qu'il atteignent
rgouilles de Notre-Dame. Et le froid s'accentue !
me dis qu'à Tunis c'est pareil
et hiver va-t-il enfin finir ?
Laurent
16 Janvier
2022
Le pays entier n'est plus qu'une immense
banquise. Y aura-t-il encore demain des hommes
vivants sur cette planète ? Parfois, lorsqu'un rai
de soleil parvient à se glisser dans cette
brume. Dieu que c'est beau

Big Big Bisottes
A Geoffrey
Cuth '91

LES CROQUEURS DE SABLE

JOLY GUTH

Guth est un drôle de phénomène !

La première fois que je la rencontrai, je fus surpris par sa détermination, son charme et, bien sûr, par sa passion pour la B.D.
Ne pas vouloir en savoir plus eut été criminel !
Aussi, plus tard, lorsqu'il me fut donné de découvrir le monde dans lequel elle vivait, léger, précieux et délicatement surrané, je compris qu'elle percevait le temps de façon différente. Oui, Guth avait de la chance ! Car, comme la plupart des poètes, elle se déplaçait, intacte, dans l'univers merveilleux et parfois cruel de l'enfance.

Mais cela ne lui suffisait pas : elle voulait passer de "l'autre côté du miroir", nous donner à lire ses visions... tout partager !

C'est pourquoi, aujourd'hui, Guth a donné forme aux lignes et aux couleurs de son monde. Elle y a fait fleurir un langage. Des personnages se sont déplacés. Il y eut des rencontres. Des chocs et des émotions fusèrent. Une histoire naquit !...
Certains seront, peut-être, déroutés par le voyage auquel nous invite Guth dans cet étrange pays sans frontières. Mais qu'importe ! N'est-il pas dit que ce sont ces pays-là qui, précisément, restent le plus longtemps ancrés dans la mémoire des hommes ?...
Les rêves et les mythes sont la matière dont nous tressons les berceaux de nos enfants. Et les conteurs sont là pour nous rappeler les gestes oubliés. Marchant en équilibre d'un monde à l'autre... de simples funambules.

Dont Guth fait désormais partie !

Serge Le Tendre

éditions Vents d'Ouest

Dépôt légal Octobre 1989
ISBN 2 86967 097 4

Ma chérie,
Tu le sais, notre ville est malaise, très malaise ! Les vaisseaux-musées d'Aiguelande sont rongés par la rouillance et s'engourgloutissent dans les maraicages, et ceux qui cherchent à les ensauver sont trucidés au beau mitan du jour !
Mais qui peut vouloir ainsi la destructance de notre cité ?
Ne rentre pas, je t'en supplie.
Les noirs corbeaux du malheur planent sur nous !
Un seul homme reste notre salutance : Varech Saccavent.
Mais que fait-il ?
Le temps presse...
Je te gringrignote follement,
Aspérul
PERCHOIR DE TRANSPORT ET TRI

CHRISTOPHE CHARLES
Cette ville doit disparaître !
Chhht, pas si fort !
PAULINE
La lune sèche est là. Et avec elle, l'automne. Un automne tout simple avec brumes et feuilles rousses. Mais peut-être est-ce le dernier d'Aiguelande !
Dimanche arrivage d'une caravane.
Farine 200 grains
Chandelle 1 fiole et 10 grains
Essuie-fesses 1F /50 g
Cuisses de girafe 2 F
Ne ratez pas nos promotions !
RUE DE LA FOR
L'ASTRUC.
Mais que fait-il, le temps presse ! Je te gringrignote folment, Aspérul.

Les personnages aussi sont là, quettant, anxieux que l'histoire commence.
Manque le héros, Varech Saccavent, encore à baguenauder dans le bas de la page. Faut dire que lui, les misères des autres, il s'en fout ! Sauf bien sûr celles qui rapportent. Pour lui, le monde c'est juste là pour y poser ses fesses et ses semelles.

On dit qu'avant, il y a longtemps, après des mois de pluie et de froid, descendirent du Nord de gigantesques glaciers qui rongèrent tout, les villes, les pays, les mémoires. Depuis, lentement la terre tuméfiée s'éveille et avec elle ce qui reste de vie. Mais ne compte pas sur lui, lecteur, pour te narrer tout ça, décrire la végétation rabougrie et sans odeur, les parfums devenus plus précieux que l'or et si rares que l'on s'entretue pour une monnaie faite de fioles d'huiles et de poudres parfumées. Il s'en fout !

Il ne dira rien non plus sur ces hommes qui arpentent à nouveau le bitume gercé des anciens chemins, sur lesquels, paraît-il, autrefois, filaient des caisses de métal plus rapides que des oiseaux. Mercenaires, pilleurs de cités mortes, bref un peuple d'errants sans foi ni loi dont il fait hélas partie,

les croqueurs de sable !

Mais lui, pour qui seul le présent compte, a un passé bien lourd à porter. Alors parfois, comme en cet instant, près de l'une de ces routes qui cisaillent l'horizon de son petit trait dérisoire, il le raconte à son ombre.

Ecoute, lecteur, dans le chahut des feuilles, sa voix grave qui te parle... et l'histoire commence.
Enfant, j'admirais leur démarche chaloupée sur leurs échasses d'ébène et les écarts respectueux de la foule à leur approche.
Ah, que n'aurais-je donné pour être moi aussi, l'un de ces princes des ordures, traquer et escamoter dans des frôlements de velours...
... et des grâces de plumeau, le moindre grain de poussière, la fiente argentée d'un moineau.
Balayer d'une gifle de dentelle cette insolence de volatile qui conspuait nos lois avec un long, un immense et lent...
... mépris. Enfin, un jour, j'ai pu harceler le papier gras et lustrer des heures durant les mosaïques des rues.
Seulement voilà, le lendemain, il n'y avait plus de mosaïques, plus de rues, plus rien, plus qu'un énoooorme tas de sable

Un nuâââge, une tempête, que dis-je, un désert s'était abattu sur nous ! Se moquant de notre répulsion maniaque du sale, le vent du sud jouait avec les houppettes affolées des laveurs de pavé qui juraient comme des terrassiers. Scandalisée par ce verbiage ordurier, la ville se taisait.
Que c'est donc fââââcheux !
Quoi donc, Goémon ? Le sââââble dans votre tisââââne de Pernambouc ?
Certes, Eudoxie ! Mais ne trouvez-vous pas d'une incommensuraaaaaable ââffligeance, notre fils promis à un si bel avenir, au chomââââge, le mââtin même de son second jour de travail ?
Moi aussi, je trouvais ça affligeant ! Balayées, mes espérances d'être un jour comme mon père, Grand Commandeur par-delà l'Éternelle Salissure ! Alors je suis parti.

Ah, j'en ai arpenté des chemins gris depuis! De longues années, j'ai vécu seul. Parfois un chien errant me suivait, me croyant sans doute son pareil mais il abandonnait vite mon sillage. J'étais pire que lui.
Très vite j'ai appris que l'horizon est un fil de rasoir...
...et que pour y vivre, il faut savoir trancher dans le vif. Il faut voler son os, peu importe la manière!
J'aimais le roulis des collines sous mes bottes, pas les hommes qui s'y cachaient. Et puis il y a e Goëlane... Mais ça, c'était hier

Aujourd'hui, c'est l'automne. Au loin passent des oies sauvages et je ne sais pourquoi, soudain, je repense à un petit sifflet offert par mon père et qui avait la forme de cet oiseau. Il sifflait lorsqu'une fois rempli d'eau, on soufflait dans la queue. Ah, ça doit être encore tous ces bateaux figés qui me rendent morose. C'est chaque fois pareil; les flûtes des filins, comme de tristes appels vers le large, ces carcasses ancrées dans la vase me dépriment.

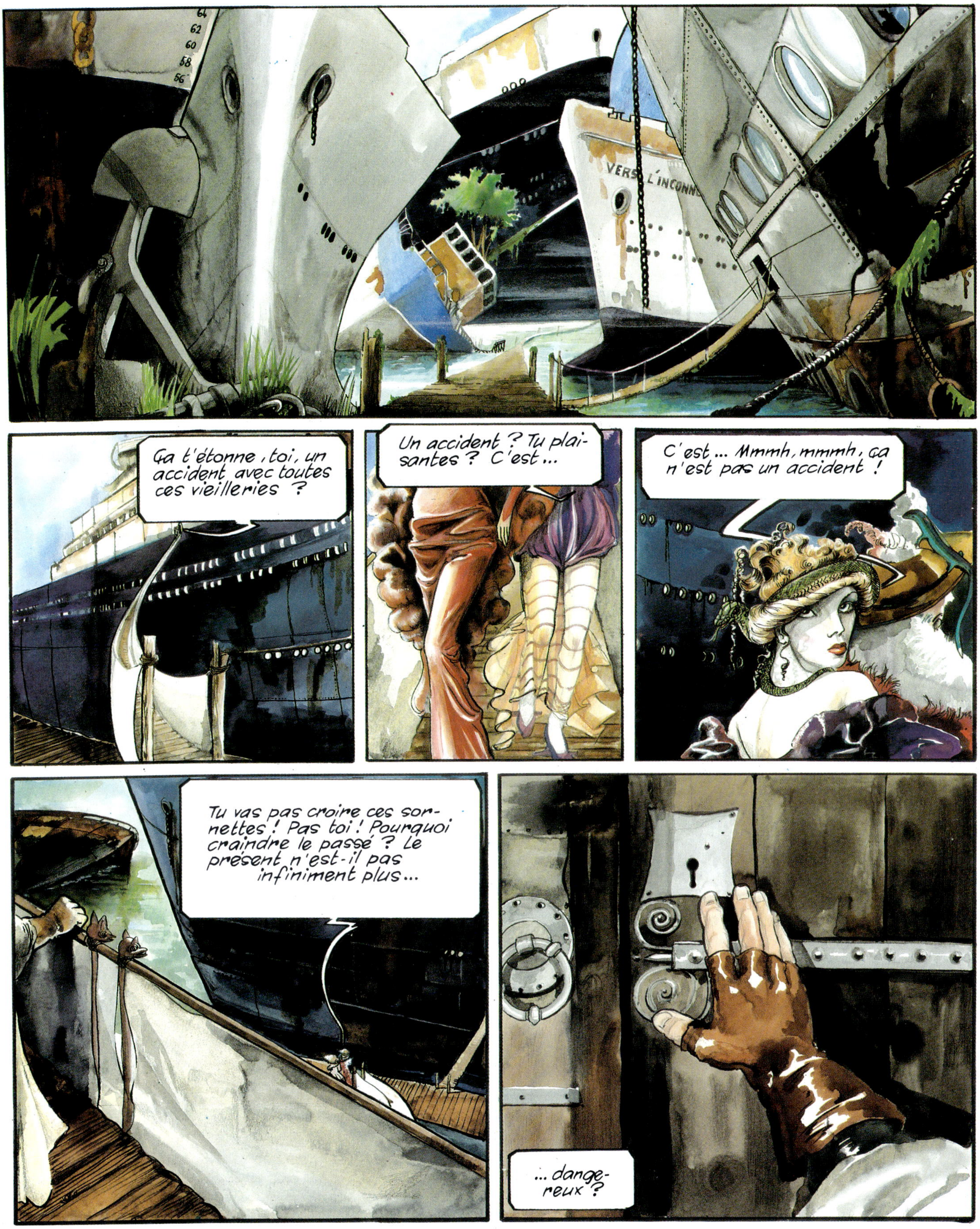

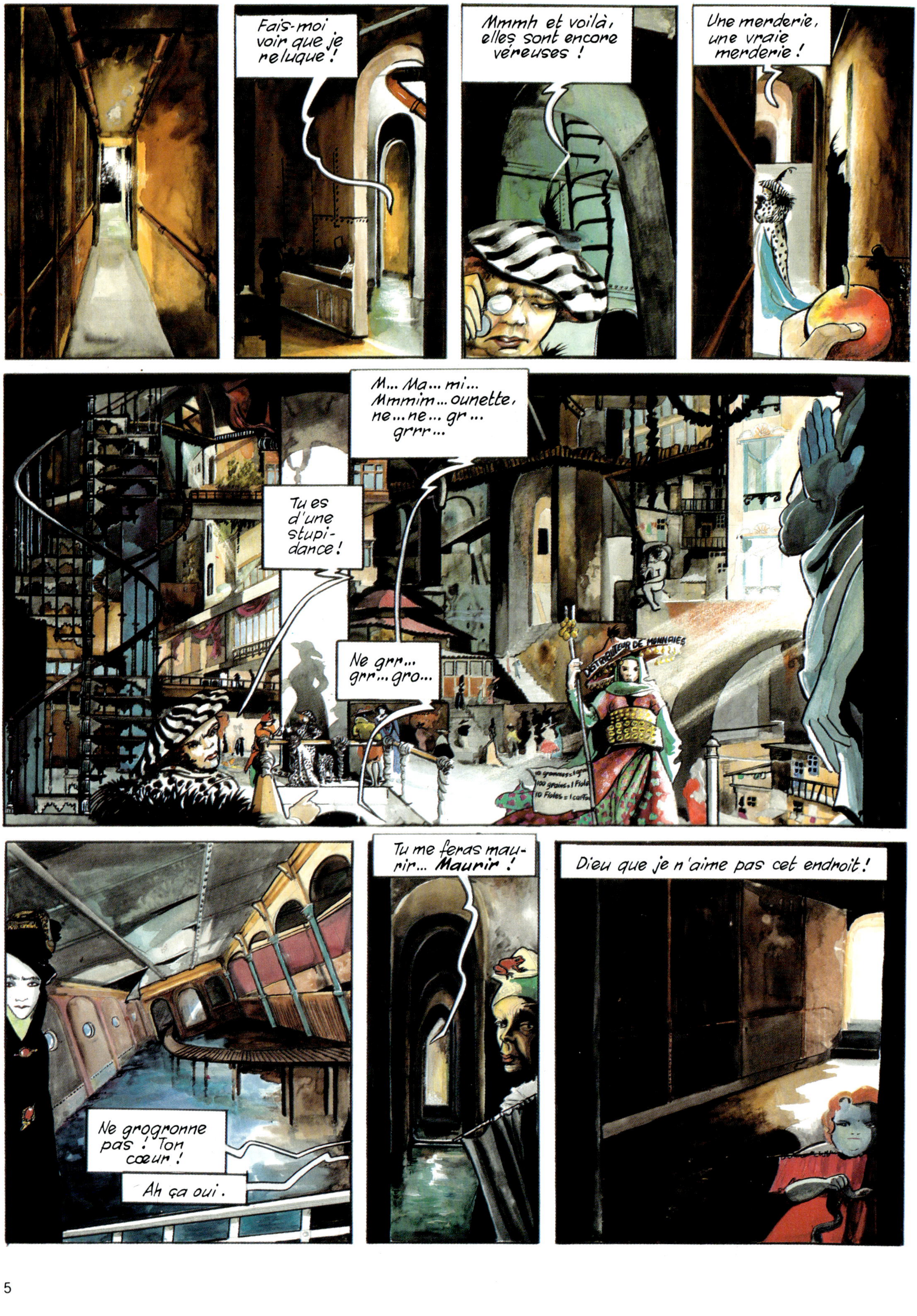
Fais-moi voir que je reluque !
Mmmh et voilà, elles sont encore véreuses !
Une merderie, une vraie merderie !
M... Ma... mi... Mmmim... ounette, ne... ne... gr... grrr...
Tu es d'une stupi-dance !
Ne grr... grr... gro...
Ne grogronne pas ! Ton cœur !
Ah ça oui.
Tu me feras mau-rir... Maurir !
Dieu que je n'aime pas cet endroit !

Je m'étais pourtant bien juré de ne plus revenir au milieu de cette ribambelle d'emplumés qui voltigent, aériens et précieux, à la surface des choses, comme un parterre de nénuphars à la billebaude. Oh, cette basse-cour couacant et se palmant d'aise façon canard heureux de sa mare, enlisée jusqu'à la collerette dans les fonds glauques de leurs intrigues...
ECHOPPE A MANGERILLES
... le chapeau fleuri de lézards et de rainettes pour éloigner les trombes de moustiques.

Mais ils payent bien, très bien !
Ah, Saccavent, vous voilà enfin ! Bon, ne patoïns pas autour du pot !
Aiguelande est en péril : **la lèpre rouge !** Si l'on n'a pas d'antirouillance d'ici le printemps, les pluies lui seront fatales. Votre connaiscience du pays est grande !
Vous avez souvent travaillé pour nous. Vous seul pouvez en trouver !
Ramenez-en et vous serez riche !
Et je le trouve où ?
Mmmh... dans la... euh, cité des corneilles !
À Munnin ? Faut être fou pour aller là-bas !
S'il vous plaît, tous comptent sur vous !
Vous serez riche.
Très riche !
Ou mort.
Très mort !

Je n'ai pas les cartes pour aller là-bas ! Et le pays est trop dangereux !
N'y aurait-il pas une autre raison... Mmmh plus cachée pour...
MUS
SALLE 12
La passoire
représentation du ciel et des
étoiles. Chaque groupe de sept trous
est un signe zodiacal. Le sept est
le chiffre du ciel et de la terre
réunis. L'objet servait sans doute
à recueillir l'eau de pluie
enfermée ensuite dans des amphores
molles, elles étaient dédiées à un
dieu local: Schweppes, Evian...
cette eau sacrée avait le pouvoir
sans doute de guérir.
Cette région, c'est un enfer de sable, de terres noires...
Noires !
En Août, nos ancêtres
émigraient vers la mer dans
un défilé orgiaque.
Croyant avoir à leur charge
la marche du monde, ils
s'offraient en sacrifice
au soleil.
Ces offrandes humaines
aidaient ainsi à l'énergie
vitale de l'astre, et à la
continuité du monde.
Ce jouet nous montre
l'un des chars servant
à ce rituel sanglant.
On prétend même que les pierres y sont **vivantes** !
Ce ne sont que des cactus. Des lithops: lithos pierre, ops apparence !
PRODUIT DANGEREUX
Dites à votre poudrier qu'il cesse de s'agiter, je vais éternuer !
Plusieurs espèces existent: Fauscul...
Ecoutez, le plumeau, retournez à vos étagères !
Le monde n'est pas un musée plein d'étiquettes. Dans certains coins, y'a même des choses sans nom parce que personne ne vit assez longtemps pour leur en donner un ! Mais d'où sort-il, celui-là, d'abord ?

Pardon, je suis noyé dans la distractance. Je suis Aubépin de Heurtebise, botaniste et heureux de pérégriner avec vous.
Oui. Il part avec vous ! Il vous sera précieux pour reconnaître l'antirouillance et lire les vieilles écritures. Alors ? C'est **oui** ?
RÉSERVE 184→401
Je ne pars pas ! Non ! Et surtout pas avec **ça** !
Eh bien **ça** ira seul.
Avec votre teint de lotus et votre kilo de dentelles ?! Ahahaha !
Mais regardez-le ! Avec son fard, on dirait un tagine ! Il va être cuit en moins de dix secondes !
Tsss ! Et vous, vous êtes une relique qui cacate devant une légende !
Une **légende** ? **Le soleil** ? **Les serpents** ? **Le froid** ? Les...
Je connais ces soi-disants dangers !

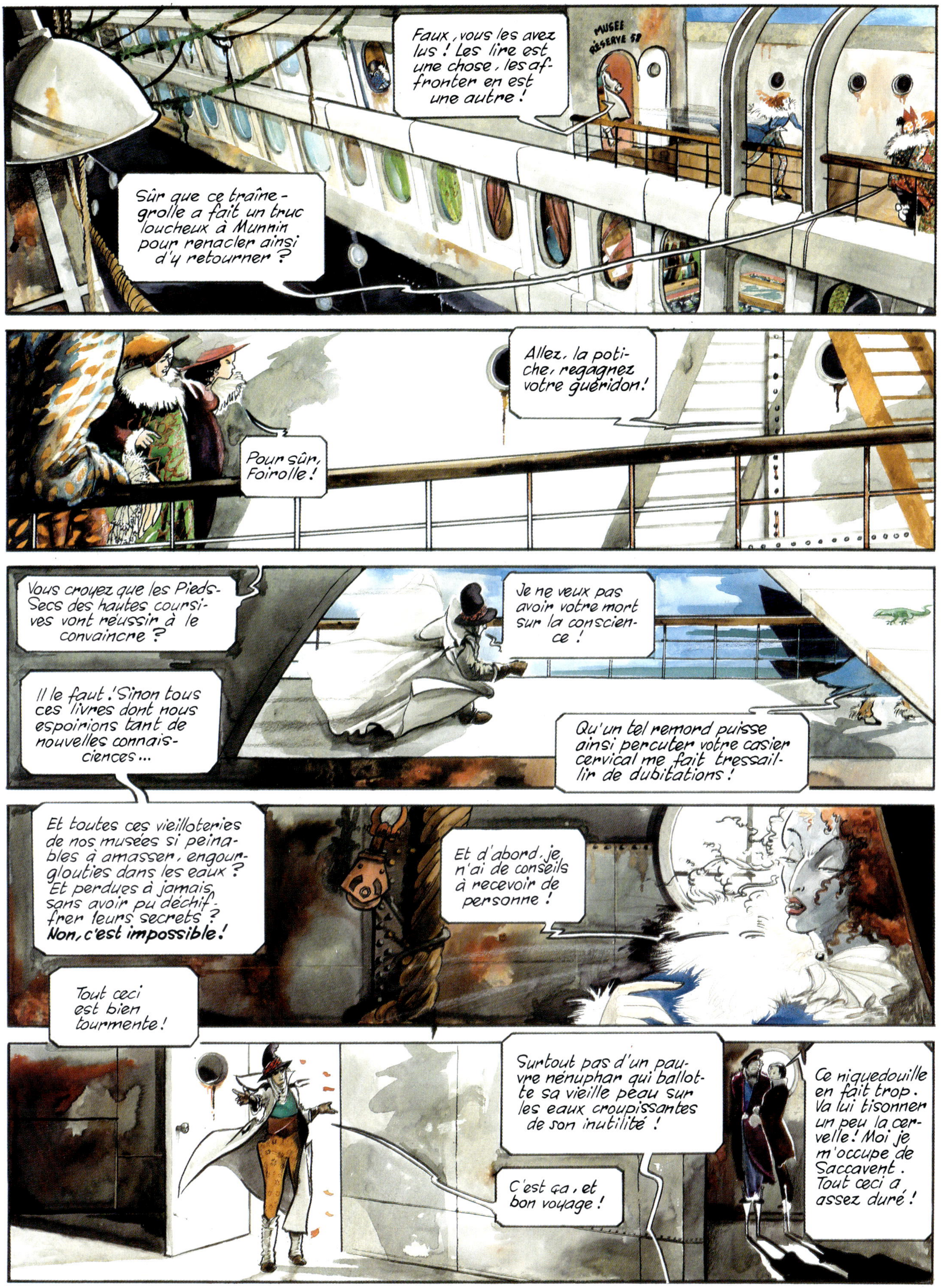
Faux, vous les avez lus ! Les lire est une chose, les affronter en est une autre !
MUSEE RÉSERVE 58
Sûr que ce traîne-grolle a fait un truc loucheux à Munnin pour renacler ainsi d'y retourner ?
Allez, la potiche, regagnez votre guéridon !
Pour sûr, Foirolle !
Vous croyez que les Pieds-Secs des hautes coursives vont réussir à le convaincre ?
Je ne veux pas avoir votre mort sur la conscience !
Il le faut ! Sinon tous ces livres dont nous espoirions tant de nouvelles connaisciences...
Qu'un tel remord puisse ainsi percuter votre casier cervical me fait tressaillir de dubitations !
Et toutes ces vieilloteries de nos musées si peinables à amasser, engourgloutíes dans les eaux ? Et perdues à jamais, sans avoir pu déchiffrer leurs secrets ? Non, c'est impossible !
Et d'abord, je n'ai de conseils à recevoir de personne !
Tout ceci est bien tourmenté !
Surtout pas d'un pauvre nénuphar qui ballotte sa vieille peau sur les eaux croupissantes de son inutilité !
C'est ça, et bon voyage !
Ce niquedouille en fait trop. Va lui tisonner un peu la cervelle ! Moi je m'occupe de Saccavent. Tout ceci a assez duré !

Un jour, mon père m'a dit : " Le monde est une ampoule brisée. La lumière a fui, le nom et le sens des choses aussi ! " J'entends encore sa voix comme une rumeur de vent sablé. Je revois la berge qu'enfant un jour, j'ai ratissée désespérément pour y retrouver un petit sifflet à jamais perdu ! Pourquoi le passé revient-il me hanter ? Moi qui ai arpenté tant de cités mortes, qu'est-ce que j'y cherchais ? Le dérisoire jouet du destin, peut-être ?
Zzzzh...
Et si c'était moi ? Pourquoi cette quête, alors ?
CRÉATION D'UN NOUVEAU JARDIN
SOYEZ AU PARFUM AVEC LA BANQUE NEROLI ! AMENEZ LES FLEURS, ON SE CHARGE DE REMPLIR VOTRE PORTE-FIOLE !
Pour la richesse, tout simplement, non ?
Non, c'est vrai, le parfum n'est pas tout dans votre vie ! Il y a quelque chose ou plutôt... Mmmh... quelqu'un...
... qui compte tellement pour vous que pour elle...
Arf ! Arf ! Arf !
Arf !
??!!
... vous allez accepter de partir à Munnin !

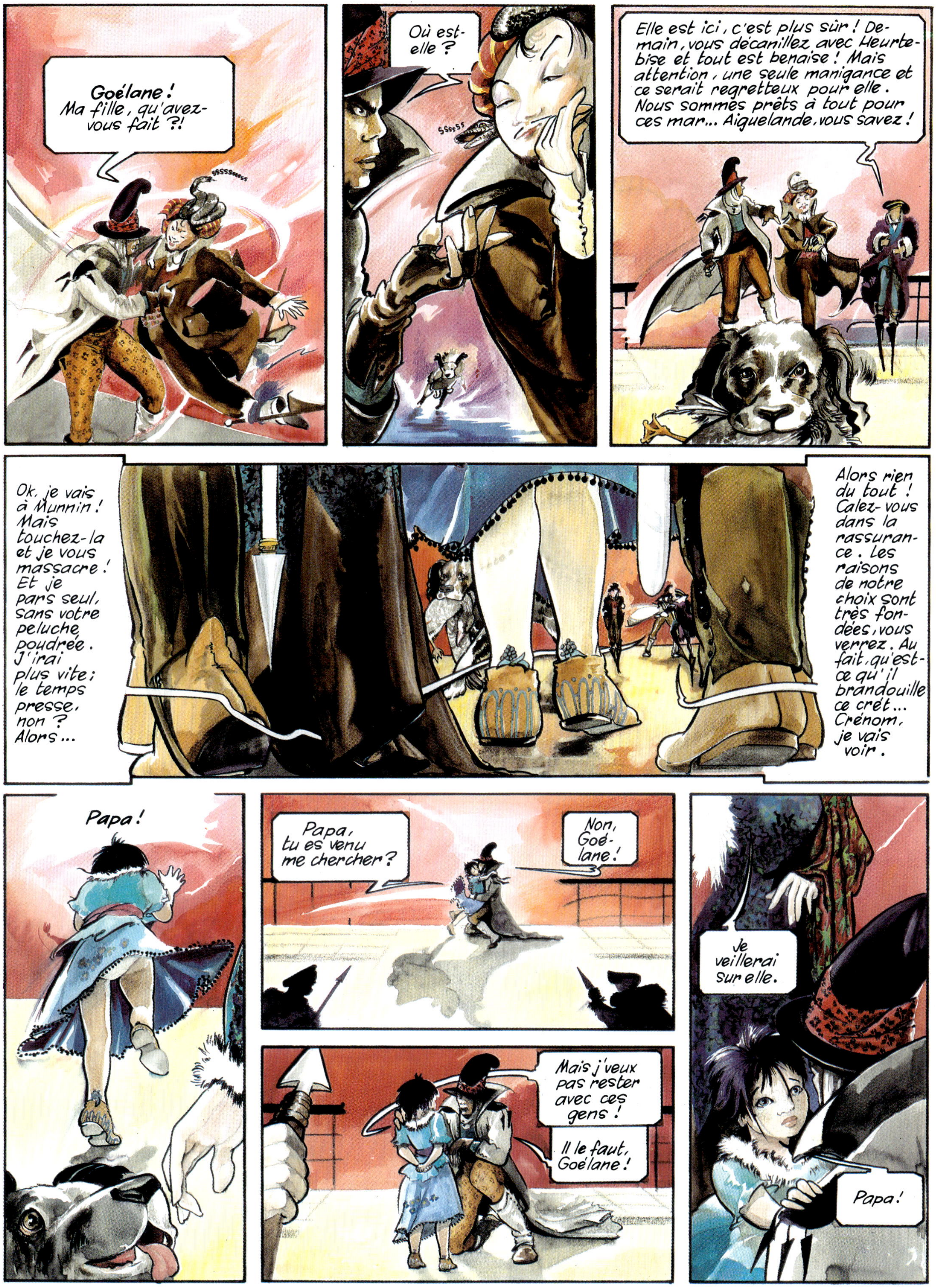

Goélane ! Ma fille, qu'avez-vous fait ?!
SSSSSssss
Où est-elle ?
SSssSS
Elle est ici, c'est plus sûr ! Demain, vous décanillez avec Heurtebise et tout est benaise ! Mais attention, une seule manigance et ce serait regretteux pour elle. Nous sommes prêts à tout pour ces mar... Aiguelande, vous savez !
Ok, je vais à Munnin ! Mais touchez-la et je vous massacre ! Et je pars seul, sans votre peluche poudrée. J'irai plus vite ; le temps presse, non ? Alors...
Alors rien du tout ! Calez-vous dans la rassurance. Les raisons de notre choix sont très fondées, vous verrez. Au fait, qu'est-ce qu'il brandouille ce crêt... Crénom, je vais voir.
Papa !
Papa, tu es venu me chercher ?
Non, Goélane !
Mais j'veux pas rester avec ces gens !
Il le faut, Goélane !
Je veillerai sur elle.
Papa !

Ne t'inquiète pas !
Tâche moyen de comprendre, je n'ai pas le choix ! Mais je suis ton alliée et il faut absolument...
Reluque-le bien, je reviens !
Que...
... Que je te dise. Je sais qu'...
Ils veulent te... chhht !
Piégé, le con !
J'ai tiré, tdziiing ! Mort !
Vite, écoute, il va revenir ! Saccavent, certains te veulent du malheur !...
Qui ? Mais parle, Célidoine !
C'est...
Papa, eh, Papa, pourquoi tu dois partir ?
Tu sais ce qu'elle disait de toi, Maman ?
Non, chérie.
Que tu ressembles à cette plante qu'on appelle le désespoir du peintre parce qu'... qu'elle bouge sans cesse et qu'on n'arrive pas à la dessiner !

Varech, j'ai tant d'effrayance pour toi ! Je sais du danger sur toi et Heurtebise. C'est...
Oooooh Varech, je t'aime tant, je t'en prie...
Méfie-toi de...
Heurtebise est prêt, il arrive.
Je ne vous aime pas, Saccavent, et je ne suis pas le seul. Mais vous êtes le dernier espoir de trop de gens pour qu'on vous supprime. C'est bien dommage !
Tiens chérie, ton chapeau ! Et **va-t-en !** Emmène Goélane !
Voici un sac de fioles pour le voyage ! C'est une somme ! Mais cette fois-ci nous avons confiance, vous reviendrez !
Et n'oubliez pas ! Dans six mois, il sera trop tard.
Pensez à votre enfant. Ce serait regretteux si d'hasard, un naufrage...
À la revoyance !
Papa, **pourquoi tu restes pas ici ?**
Parce que je n'aime pas le vert et que je hais le poisson et le chant des grenouilles le soir !
Pour ne pas finir comme un vieux machin moussu ! **Et parce que toute cette boue m'écœure, petite fille !**

BOURGES
Ma chérie,
Jour second de la lune blême
On nous a encouillonnés ! Et si je n'étais pas chef gribouilleur à la gazette des Hautes-Coursives, je n'aurais pas tantôt graboté la véritance et nous serions encore benaises à attendre une antirouillance que personne sans doute ne rapportera jamais. Peut-être est-il déjà trop tard ? Beaucoup de temps a ensablé nos tocquantes. Depuis le départ de Saccavent et Hautebise, une lune est passée, mais s'il y a encore un peu d'espoirance, il me faut tenter.
Verluise, je lève l'encre car il y va de la vie du seul traine-grolles qui puisse encore nous ensauver.
Le danger est sur lui. Je t'en supplie, ne rentre pas à Aiguelande.
Je te gringrignote tendrement...
Aspérul
Dis-moâ pourquoâ les zoiseaux ont des plumes partout partouououou...
Depuis notre départ, une question me turlupine :
BOURGES 93
PARIS
partouououou ! Vous râlez qu'on trainaille mais pourquoi ce détour ?
Parce qu'à Noirpuy, il y a un homme qui peut me donner les cartes des vieilles fabriques sans lesquelles on ne peut savoir où chercher !
Mon pauvre Saccavent, mais pourquoi t'es-tu encombré de cet épouvantail ?

Certains croient que si l'on porte certains de ces escargots à son oreille, on entend la mer. Ridicule, non ?
Oh, pas plus que votre engin !
Ça vous esparpaille, hein ? Je l'ai réparé d'après de vétustes plans.
Mais il n'a pas encore de nom !
Les rats en ont bouffé des morceaux, non ? Aaaahahahaha ! On dirait un héron juché sur une grenouille à roulettes ! Hahahaha !
Pfffff !
Rrrtll
Koff
klinc
clonk
Rrrr rrrrr...
Hahaha ! Mais regardez-le, épanoui comme une rose trémière ! Aha Aha !
RRAMRAM
RRRRRcccc...
Appelez-le un Roulmapom. Ça ira très bien avec votre tête de fruit trop mûr. Et puis surtout, avec tous les pépins qu'on a eu depuis notre départ !
Rrrrrrschlonkle-rr-
Parfois, votre humour me décapsule hors de moi !
Ohohoahha haah, et ça, pffff, c'est quoa, ahhaha !
Une klaxonnette !
Pouëët Pouët
C'est pratique pour avertir, hein ?
C'est gentil pour les lézards. Ça leur évite l'infarctus !
Non, n'y touchez pas !

Goûtez à une de ces baies et vos tripes vont mettre un temps fou à s'en remettre !
Bon. Vous venez ?
Je n'aime pas trop cet endroit.
Ah bon ? Ces baies !
RROOONK
TSIWIT
TSIWITT
TSIWITT
SPONK
Il me reste deux dattes. Vous en voulez une ?
Tiens oui !
Oh et puis non. Mangez-la, vous !
Mergle, je l'ai avalée !

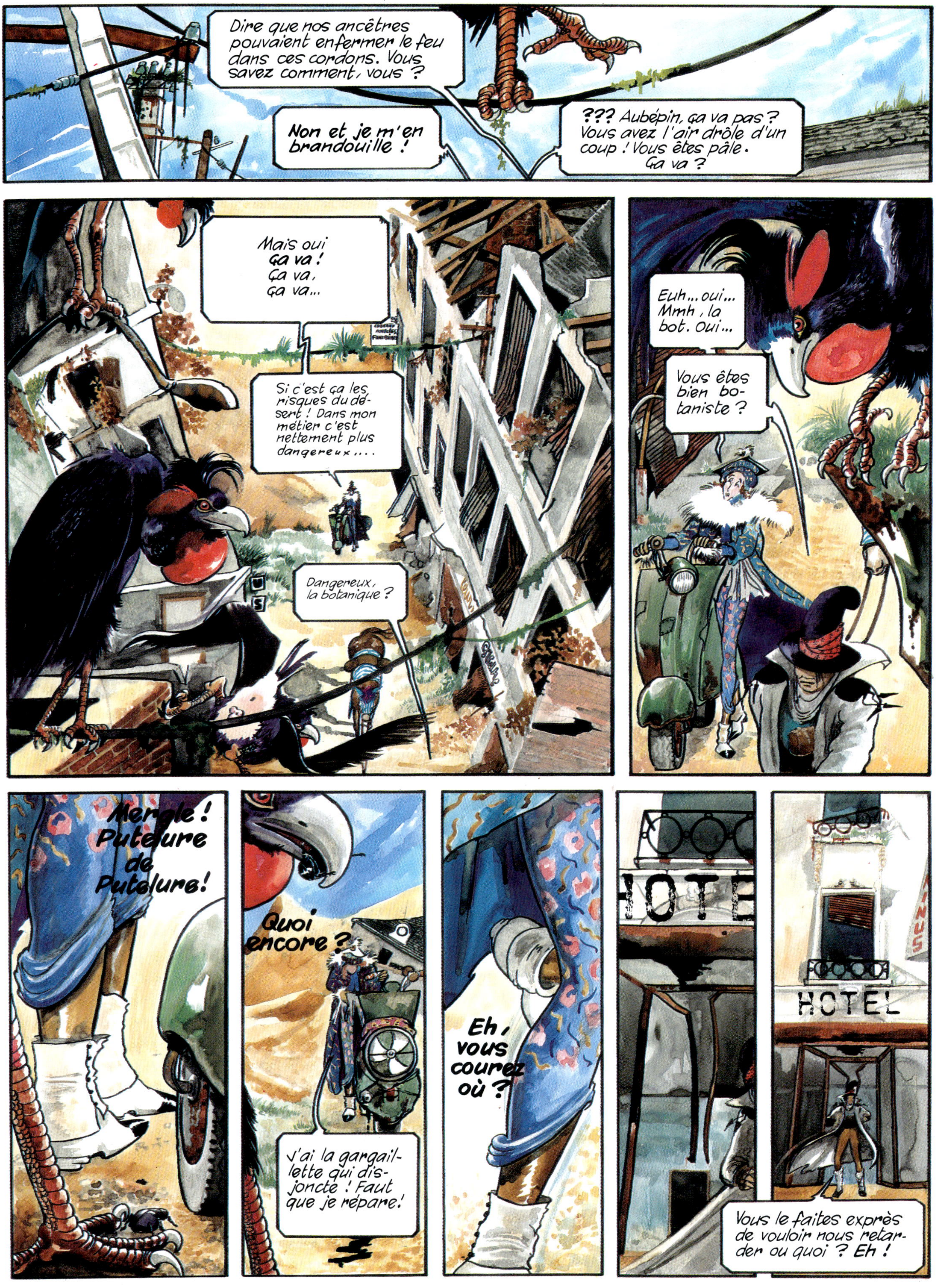
Dire que nos ancêtres pouvaient enfermer le feu dans ces cordons. Vous savez comment, vous ?
Non et je m'en brandouille !
??? Aubépin, ça va pas ? Vous avez l'air drôle d'un coup ! Vous êtes pâle. Ça va ?
Mais oui ça va ! Ça va, ça va...
Si c'est ça les risques du désert ! Dans mon métier c'est nettement plus dangereux....
Dangereux, la botanique ?
Euh... oui... Mmh, la bot. Oui...
Vous êtes bien botaniste ?
Merde ! Putelure de Putelure !
Quoi encore ?
J'ai la gargaillette qui disjoncte ! Faut que je répare !
Eh, vous courez où ?
HOTEL
HOTEL
Vous le faites exprès de vouloir nous retarder ou quoi ? Eh !

Alors, le botaniste, ça va mieux? Heureusement que je m'y connais aussi en herbes. Sans moi, vous creviez! Mais quelle idée de manger ces baies? Je vous avais prévenu, pourtant!
Je n'ai pas faim ce soir. Prenez ma ration. Merci de m'avoir sauvé mais ça fait huit jours que vous mélodiez la même jactance. C'est rognant, à la fin!
Et moi, ça fait huit jours que j'attends comme un con de quitter ce trou!
Oh, ça va! Quand vous ouvrez votre clapet, c'est toujours pour râler!
Ah ça, pour gueuler, vous êtes très fort!
Mais moi aussi, je peux hurluler!
Aaaaaaaaaah!
Cccchht, vous allez attirer les fitt-krkr.
Oh tiens, un moulin à prières!

Vous voyez ces sept trous, c'est un chiffre magique. Nos ancêtres jactaient dans ce cercle puis faisaient tournoyer l'engin.
Alors la voix des dieux descendait des étoiles et...
Chlonck!
Oooh, je suis ensablé de désolance!
Lâchez-moi!
?!!
Aubépin, si vous continuez à m'emmerder, je vous cogne le museau! Mais n'ayez crainte, je vous laisserai un œil et juste assez de lucidité pour m'aider à trouver cette satanée antirouille!
Et si vous n'êtes plus malade, allez préparer votre golden.
On part demain. Bonne nuit!
Schlirp Schlirp!
Ka Ka Aaah!

Et les jours passent. Et je préfère ne pas savoir pour qui la lune blême tisse son linceul de feuilles mortes...
Kling! Kling!
Je n'en peux plus! Cet endroit est sacré. Laissez-moi y prier un instant !
Vous avez une heure pas plus.
Gazole, ô déesse à la triple face, aide notre route et allonge tes bras noirs vers nous...
Que ta coquille nous éclaire de ses sept rayons...
...et ne soit pas la barque de la m...?
Aaaaaah...
Ssssss...
¡¡¡¡¡¡¡¡¡–
Au secours !
Vérifiez s'il est mort et ramenez mon couteau !

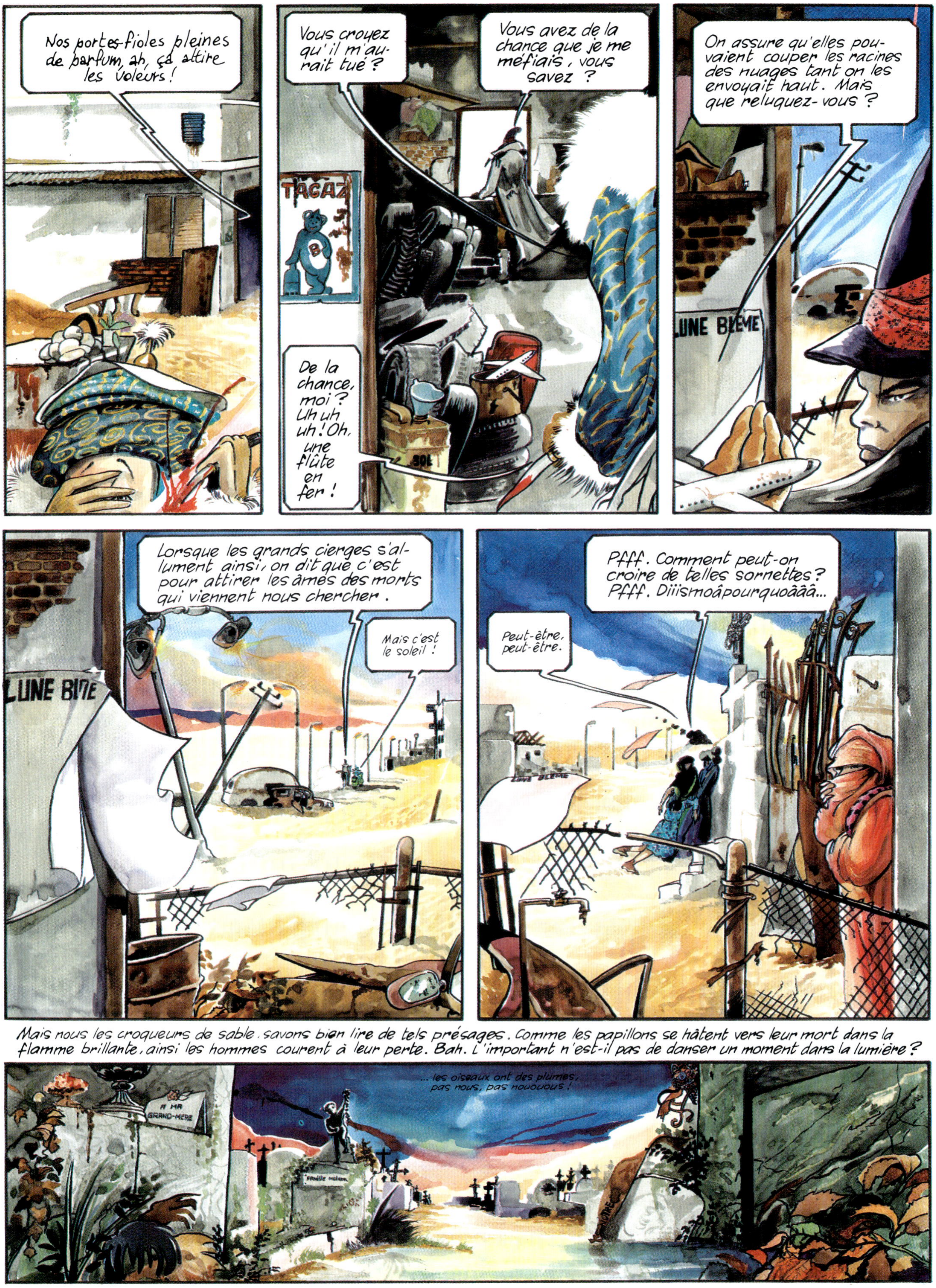
Nos portes-fioles pleines de parfum, ah, ça attire les voleurs !
Vous croyez qu'il m'aurait tué ?
Vous avez de la chance que je me méfiais, vous savez ?
TAGAZ
De la chance, moi ? Uh uh uh ! Oh, une flûte en fer !
On assure qu'elles pouvaient couper les racines des nuages tant on les envoyait haut. Mais que reluquez-vous ?
LUNE BLÊME
Lorsque les grands cierges s'allument ainsi, on dit que c'est pour attirer les âmes des morts qui viennent nous chercher.
Mais c'est le soleil !
LUNE BLÊME
Pfff. Comment peut-on croire de telles sornettes ? Pfff. Diiismoâpourquoââââ...
Peut-être, peut-être.
Mais nous les croqueurs de sable, savons bien lire de tels présages. Comme les papillons se hâtent vers leur mort dans la flamme brillante, ainsi les hommes courent à leur perte. Bah. L'important n'est-il pas de danser un moment dans la lumière ?
A MA GRAND-MERE
... les oiseaux ont des plumes, pas nous, pas nououous !

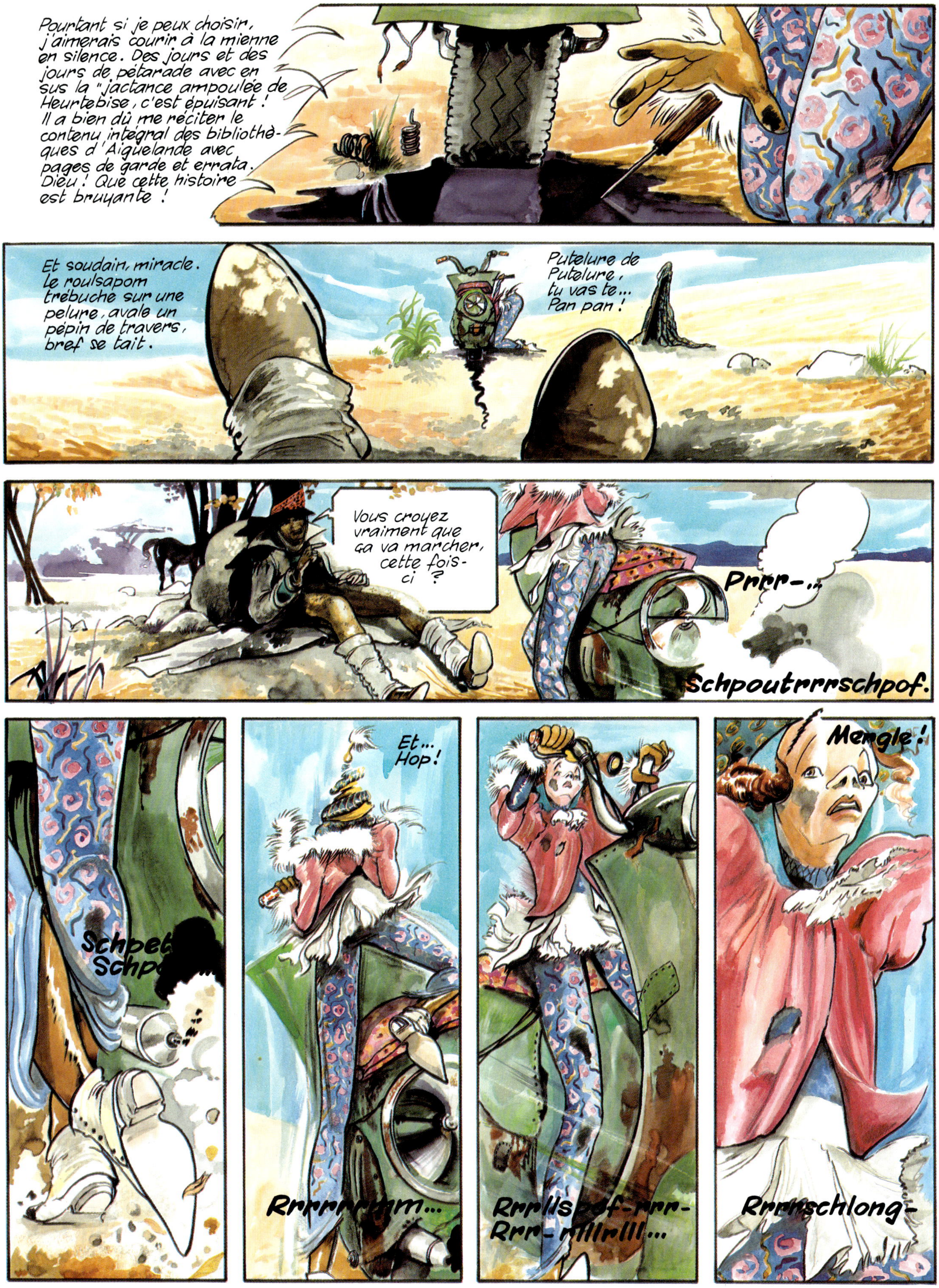
Pourtant si je peux choisir, j'aimerais courir à la mienne en silence. Des jours et des jours de pétarade avec en sus la "jactance ampoulée de Heurtebise, c'est épuisant ! Il a bien dû me réciter le contenu intégral des bibliothèques d'Aiguelande avec pages de garde et errata. Dieu ! Que cette histoire est bruyante !
Et soudain, miracle. Le roulsapom trébuche sur une pelure, avale un pépin de travers, bref se tait.
Putelure de Putelure, tu vas te... Pan pan !
Vous croyez vraiment que ça va marcher, cette fois-ci ?
Prrr-..
Schpoutrrrrschpof.
Et... Hop !
Mengle !
Rrrrrrrmm...
Rrrllspof-rrrr-
Rrr-rrlllrlll...
Rrrnschlong-

Bien que contrarié par ce nouveau contretemps, j'ai dégusté avec plaisir la paix revenue. Maintenant ça suffit ! Trop d'heures ont passé, poisseuses comme l'huile que le moteur éructe.
Trois jours : englué dans une étreinte dont l'âcre odeur écœure même les Gueugleucks soudain moins friands de cette viande viciée voire toxique, Aubépin ignore toujours l'alentour.
Quatre jours. J'oscille entre le désir de l'abandonner aux volatils au risque de les empoisonner et celui de l'achever moi-même. L'exaspération me soulève par nausée. L'étrangler, lui briser le carafon...
Bref en finir.
Gueugueu !
Gleuck !
Beurk !
Gleuk !
Beurk !
Mais qu'est-ce que... Eh ! Vous êtes fous ?!

Enfin, là-bas, au loin, les terres noires des puys ! Et Gauguin avec ses vieilles cartes, son immense connaissance du pays et ses inventions saugrenues.
Là-bas, enfin, cette cité que la boue et le gel ont su nous conserver à travers les ans. Mais tout redevient poussière, ici comme ailleurs, tout s'effrite entraînant le passé dans un néant de sable.
Tout n'est plus que sable et feuilles mortes mêlés ! Et le vent partout comme une plainte triste, et par instant, l'effroi d'un grillon.
Oooooooh !
Hoooo

Mmmh
Splaaaf !
Vous êtes cinglé. Vous m'avez es-cacassé la tête en morceaux !
Eh, vous pourriez m'attendre ! Oh revenez !
Il s'est aeboulonné la cervelle, ce mec ! Qu'est-ce qu'il croit ? Que je fais exprès de tomber en panne ?
Eh bien non, j'ai pas besoin ! Depuis que je suis né, je dérape dans la malveine ! Je suis un paratonnerre à malheurs. Pire. Je porte la poisse, je l'attire sur les autres. C'est même pour ça que je suis venu avec vous ! Parce que certains veulent que cette mission échoue, fouaaare ! Vous entendez ? Cette histoire doit mal finir ! Et zut, il est trop loin, il n'entend pas. Mais on ne pourra pas dire que je ne l'aurais pas prévenu ! Tant pis pour lui ! Cette histoire doit et va mal finir !
...cata clop clop...
...clop...
...clop...

...clop
...clop clop...
...clop-
clop...
Gauguiiin!
Gauguiiin!
Alors, on a encore besoin de ce vieux Gauguin !

Je suis si content de te revoir, ami. Cela fait si longtemps !
ECRIVAIN PUBLIC
sur tous tissus à écrire.
soies pour anniversaires,
coton fleur... velours...
SOLDE :
mouchoirs
pour
ruptures
Mais c'est quoi tous ces échafaudages ?
Ça ? C'est le fils du sourcier. Il y a un an, une caravane venue de l'est s'est arrêtée ici. Elle est repartie en laissant la fille d'un des marchands folle amoureuse de lui. Et lui d'elle. Seulement, parfois la nostalgie de sa ville est trop forte. Alors pour la garder, il lui recrée sa ville.
C'est lui qui a raison. Il faudrait tout refaire.
Pas comme ça ! Ça, c'est du théâtre !
Un jeu ridicule dans un champ de ruines.
Une mascarade !
Ça alors ! C'est pas possible !
Viens. Cherche pas à comprendre !
Schplaaf !
Pourquoi frappez-vous si fort ?
Il est peint sur le mur.
Essayez de le décoller, vous verrez !

Laisse, j'te dis ! Les hommes sont partis, reste leur folie !
Ici, il n'y a presque plus personne ! Plus que des fantômes !
La ville s'efface. Elle n'est plus qu'un mirage peuplé d'ombres indélébiles.
La pierre devient noire, traîtresse...
... comme du charbon qui va redevenir braise.
Plus loin, à l'est, la terre se ronge de l'intérieur. Des pans entiers retournent en enfer. Parfois ses entrailles libèrent des eaux qui tuent tout. C'est comme si le monde changeait sa peau d'êtres et de choses. Le présent devient sable, mais notre futur poussera-t-il dans ce désert ?
Mais parlons plutôt de toi. J'espère que tu ne travailles plus pour ceux d'Aiguelande. Cette ville est un cimetière où l'on conserve le passé dans du formol. Collectionner, c'est momifier les choses. C'est pas bon. Il faut laisser en paix ce qui est mort et ne pas enfermer ce qui vit, sinon ça meurt. Méfie-toi !
Je sais, Gauguin, je sais !
Regarde, nos ancêtres !
Ils se sont épinglés sur des fiches, dans des boîtes...
Des petites, des grandes !
LETTRES

Aujourd'hui, ils sont tous morts, tous dans des boites !
Et toi, tu farfouilles dans ce dépotoir ! Tu cherches quoi, cette fois-ci ?
De l'anti-rouille.
Tu vas aller vers le fleuve, vers Munnin ? Mais je croyais que tu ne devais pas retourner là-bas !
Je n'ai pas le choix !
Ferrari ! Nooon !
Quel est le pègreleux qui a fait ça ?
Oui, mais qui ?
Ça y est ! J'ai réparé !
Eeeh nooon !
Et pourquoi ce serait moi, d'abord ?
Aïe, nooon, pas ça, att... attendez, je sais c'était une conne d'idée... Ilyadestas degensquipouvaientle zigouillercechevaldans cepaysdesauvages !
Depuis le début, j'ai tout essayé pour vous retarder et forcément, tout a foiré ! Aïe ! Laissez-moi jacter ! Vous voulez savoir, non ? En fait je suis chimiste et inventeur. A la suite de quelqueu euh... incidents regretteux, j'ai dû... enfin, je suis devenu botaniste. Maisj'aicontinuéendouce etilsmetiennent ! ... Sinon, vous croyez vraiment que je serais dans cette galèèère ?!
Aïe aïe aïe !
Mais tu y es ! Et tu vas me dire à quoi rime toute cette histoire !

Tous ne veulent pas qu' Aig... Aiquelande soit ensauvée. Au c... contraire, à l'insu de tous, ils en accélèrent la rouillance !
C'... C'est mmmoi qui ai trouvé le produit il y a longtemps. Comment l'ont-ils su, je... je n'en sais rien, mmmais dans six mois, mergle lâchez-moi, tout sera fini !
Il leur faut sssix mois. C'... C'...
...C'est touou ouh !
Oh non, ce n'est pas tout ! Pourquoi veulent-ils le naufrage d'Aiquelande ? Et Pèchebadin, il est du complôt ou pas ?
J'en sais rien !
juuure !
Je sais qu'une tapée de navires doit couler mais moi, j'ai toujours eu affaire à Balambois. Pour qu'il n'y ait pas de soupçonnance sur eux, ils ont fait accroire qu'ils approuvaient votre départ. Mais n'ayez aucune craignance. Ils ont encore besoin de vous. J'vous dis, ils veulent l'échec de cette mission, pas votre mort !
Et votre fille, ils s'en brandouillent ! Par contre, si Pèchebadin ignore ce qui se trame, et si elle se trouve avec lui sur l'un des bateaux qui doit sombrer, alors elle... elle est ... en danger !
Tu sais, tu dois savoir dans quel camp il est ! Mais parle, espèce de raclure de savonnette !
T'as raison, Gauquin. Faut détruire le passé et tous ceux qui s'en servent pour inventer...
...des moyens d'emmerder le monde !
Arrête !
Aaaah !

...et tuer des mômes. Et pourquoi tout ça, hein?
C'est pas en l'achevant que tu vas le savoir!
Keuf Keuf!
De toutes façons, il ne sait rien, cet idiot!
Mais pourquoi ve patauve touvours dans la foiranve, moi?
Allez, le vélocipéteux, on retourne à Aiguelande!
Mais ve peux pas! Fi ve rentre, ve fuis foutu! Fi les autres apprennent mes travaux malgré l'interdicfion, fi...
Et f'ils favent que v'ai trouvé une eau bouffeuve de métal, mais ve me fais lynffer, moi!
Je m'en fous! Je n'ai plus de cheval, vous me ramenez!
Ve fuis vraiment dans la merdaaanfe!
Viens voir comme l'eau des canaux est belle, ce soir!
Tu n'as pas froid? Tiens, les mouettes volent vers la terre.
Oui, c'est signe de tempête.
Le vent est lourd de brume, et la corne du phare annonce un naufrage.
On nave vraiment en plein délire!

Jour 5 de la lune de brume

Verluise,

Ta lettre m'a déficelé les bras. Heurtebise planquant un laboratoire dans une péniche ! Que ne ferait-il point pour ensauver ses livres, ses expériences. Et combien de même, pour cacher leur passé loucheux sont enchaînés à cet odieux complot et peuvent trahir les leurs, tuer, couler les bateaux.

Et tout ça pour faire d'Aiguelande un immense jardin qui donnerait des litres de parfums ! Une fortune !

Mais pourquoi t'être rentournée là-bas, jouer à la détective ! S'ils se savent découverts, Balambois et les autres vont accélérer les naufrages. Et une telle richesse, à portée de main, les a rendus plus dangereux que mille vipères !

Méfie-toi !

Aspérule

P.S. S'il ne change pas de route, je rattrape Saccavent demain.

??!
?
?
Noooooon !
CRAAAC
AAAAAaaaaaaa

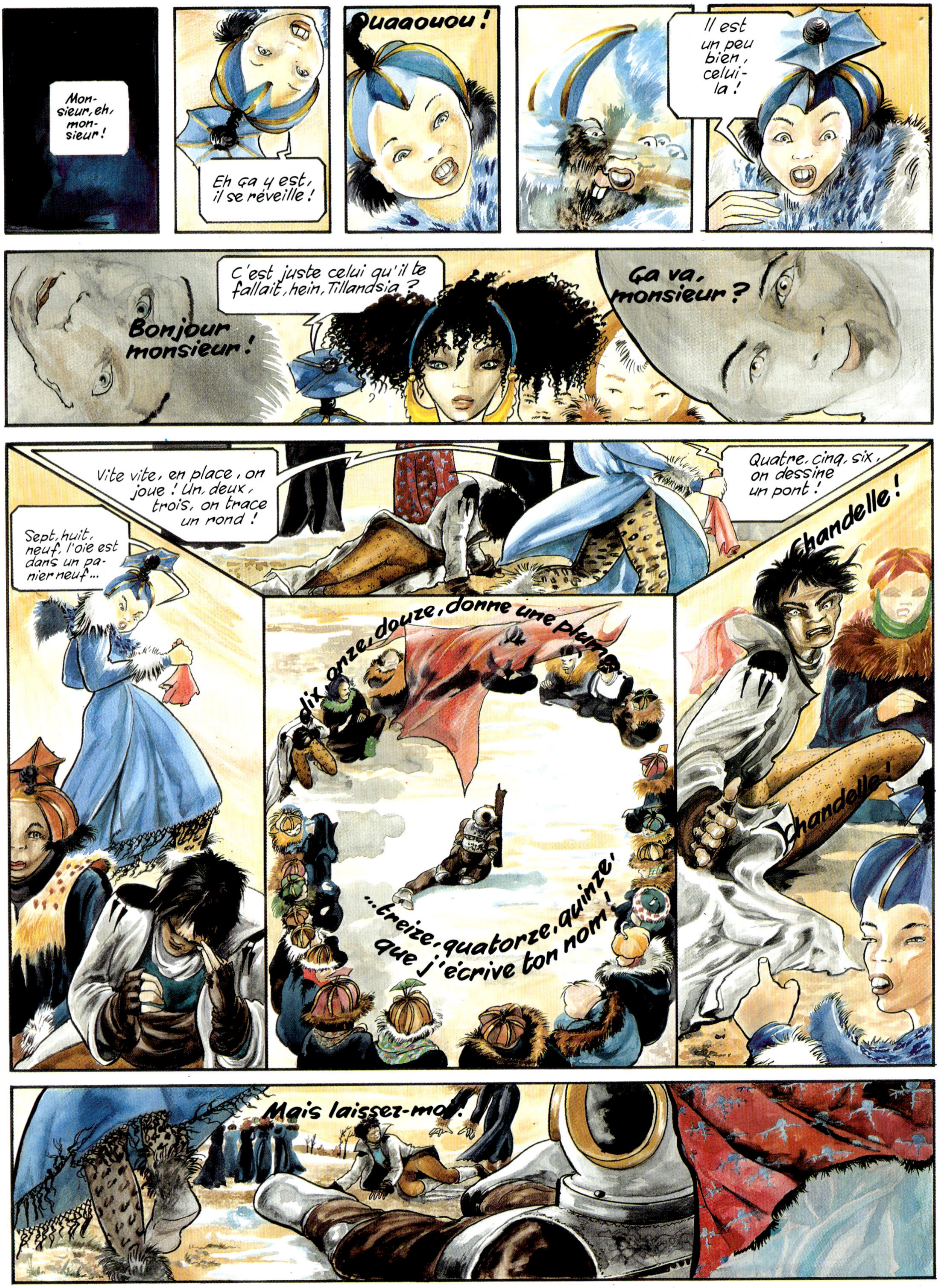
Mon-sieur, eh, mon-sieur !
Eh ça y est, il se réveille !
Ouaaouou !
Il est un peu bien, celui-là !
Bonjour monsieur !
C'est juste celui qu'il te fallait, hein, Tillandsia ?
Ça va, monsieur ?
Vite vite, en place, on joue ! Un, deux, trois, on trace un rond !
Quatre, cinq, six, on dessine un pont !
Sept, huit, neuf, l'oie est dans un panier neuf...
Chandelle !
dix onze, douze, donne une plume...
...treize, quatorze, quinze, que j'écrive ton nom !
Chandelle !
Mais laissez-moi !

Excusez-les ! Ils ont si peu de distractions ici !
C'est toujours un amusement pour eux de remplacer un gardien mort.
Et Aubépin, où est-il ?
Ton ami ? Oh, il est tout près ! Il va bien, il joue à la roulette !
Laisse-toi aller ! Tu verras, tout ira bien !
Bien !
Tu feras un très bon gardien, tu sais. Allez, viens !
Bon. Assez ri. Laissez-moi partir !
Saccavent, tu n'as pas bien compris. Tu es désormais le gardien de ces lieux !
Mais gardien de quoi ? De cailloux ?
De Carline, voyons ! Mais entrons dans le kiosque !
Carliiiine ?!
Eh, qu'est-ce que vous faites ?
Cette enceinte, là-bas, c'est une ville. En fait, Carline, ce serait plutôt un jeu ! Un jeu diabolique, certes, mais si, si excitant !

Elle happe les voyageurs trop curieux comme une plante carnivore. Le mur extérieur tourne, le piège se referme. Après, le hasard seul a les clés ...
Tu devras vérifier le mécanisme de temps en temps.
Mais je peux à peine bouger.
Oh, c'est une question d'habitude ! Tu verras, tu t'y feras vite. Mais un conseil : n'essaie pas de fuir. Ainsi vêtu, tu n'irais pas loin !
Et eux, ils arrivent à sortir de cette cité infernale ?
Bien sûr, parfois. Mais la plupart reviennent. La vie dehors paraît si fade, trop délayée, futile.

A l'intérieur, la vie devient simple et passionnante. Elle se résume à une seule chose : deux portes qui coïncident enfin, et sortir ! Cela devient une obsession. L'existence y puise sa raison d'être, son sens unique.
Vous avez vu, on a apporté une chaise cette nuit.
Dedans, c'est l'espoir qui fait vivre. Et l'angoisse, surtout l'angoisse, celle qui vrille les côtes ou fait battre le cœur bien mieux qu'un alcool ou qu'une femme !
Tu as remarqué, les hommes jouissent bien plus dans le malheur, l'imminence d'une souffrance, la peur de perdre, que dans le bonheur.
Putelure de putelure !
Quelqu'un va venir !
C'est bizarre ! On ne voit jamais qui la dépose !
Pute... mergle, mergle et mergle !
Il faut se tenir prêt. C'est plus facile de sortir quand quelqu'un entre !
Fa y est ! V'ai trouvé !
Ve vais conftruire une catapulte ! Mais v'aimerais favoir quel est le broutefiente qui m'a chouré ma tourne-viffette ?
Mais où ? Quelle porte va s'ouvrir ?
Cela explique sans doute pourquoi ils ont créé la guerre, l'idée de péché, la compétition sportive !

Tu sais toi, pourquoi un homme nu choque plus qu'un homme qui tue ?
Ben justement, tu ne trouves pas ce déguisement ridicule et encombrant ?
Mais nécessaire ! Sinon, tu t'envolerais ! Tu n'est pas comme eux, Varech. Il n'y a que le vide de l'horizon qui te rassure. Eux, ils ne désirent que le faux semblant. Toi, tu veux rouler à pleine peau dans le vent et le sable. Et tu as raison ...
... Au fond, vivre, c'est juste de la peau qui frissonne un moment. Certains ont besoin d'excitants pour sentir le temps sur eux. D'autres non. Ils attendent, engourdis, qu'il passe et pour ne pas prendre le risque de mourir, ils prennent celui de ne pas vivre.
Toi, tu aimes la tempête. Mais même les goélands les plus forts y perdent des plumes !
Arrête tes salades ! Il faut que je parte. Ma fille est en danger ! Tu entends, **en danger !**
Et les plus solitaires ont aussi un nid pour lequel ils tremblent.
Je t'en prie, laisse-moi partir ! Je t'en supplie !
Tu as perdu, Saccavent. Tu as mis les pieds, cette fois-ci, dans une mauvaise case du jeu de l'oie. Et puis tu me plais.

Tu es qui ? Un démon, une...
Je m'appelle Tillandsia. Mes sœurs et moi sommes filles du désert et du vent. Nous cueillons des fleurs de cactus avec lesquelles nous distillons un parfum rare.
Et tu veux quoi ? Que je sonne de la trompe à chaque fois qu'une fleur pointe son pistil, peut-être ?
Oui. C'est même surtout pour cela que tu es là ! Il y en a d'autres comme toi aux quatre coins de ce pays. Tu vois, tu n'es pas tout seul !
Oh, j'oubliais. Le prochain point d'eau est loin. Trop loin pour un homme qui doit marcher lentement !
Je vais revenir bientôt ! N'aie crainte ! Je veillerai bien sur toi.
Mais c'est pas vrai, j'vais me réveiller ! Je rêve, c'est trop con ! Cette histoire est trop conne... conne !
Pardon ?
Non. Rien.
Rien.
L'hiver a été clément.
Je vais la tuer ! Il faut que je la tue ! La prochaine fois qu'elle vient, je la tue !
Immobile dans ma carapace étanche qui me protège du froid, des rapaces, du soleil, j'attends. J'attends un voyageur avalé ou recraché par Carline.
J'attends Tillandsia.
Parfois, il pleut...

La nuit, je repense à cette cathédrale que les filants noirs restauraient, là-haut, dans le nord. Ils disaient qu'elle chanterait à nouveau, comme autrefois. Je me demande s'ils ont réussi. J'aimerais tant l'entendre.
Le jour, la route au loin fait comme un guide-âne vers l'absurde. Avant, je voyais cette ligne comme un pont au-dessus du néant. Aujourd'hui je sais qu'elle ne l'efface pas. Elle ne fait que le dédoubler et son point de fuite n'est qu'un cercle vicieux qui nous aspire vers l'infini.
La nuit, je revois Aiquelande, ses grands lotus blancs balancer sous la lune comme des clepsydres parfumées, infernales...
... Ou l'océan, parfois. Munnin aussi. Et Goélane toujours...
Toujours comme un cri lancinant dans l'hiver qui s'achève !
Saccaaavent !
Saccaaavent !

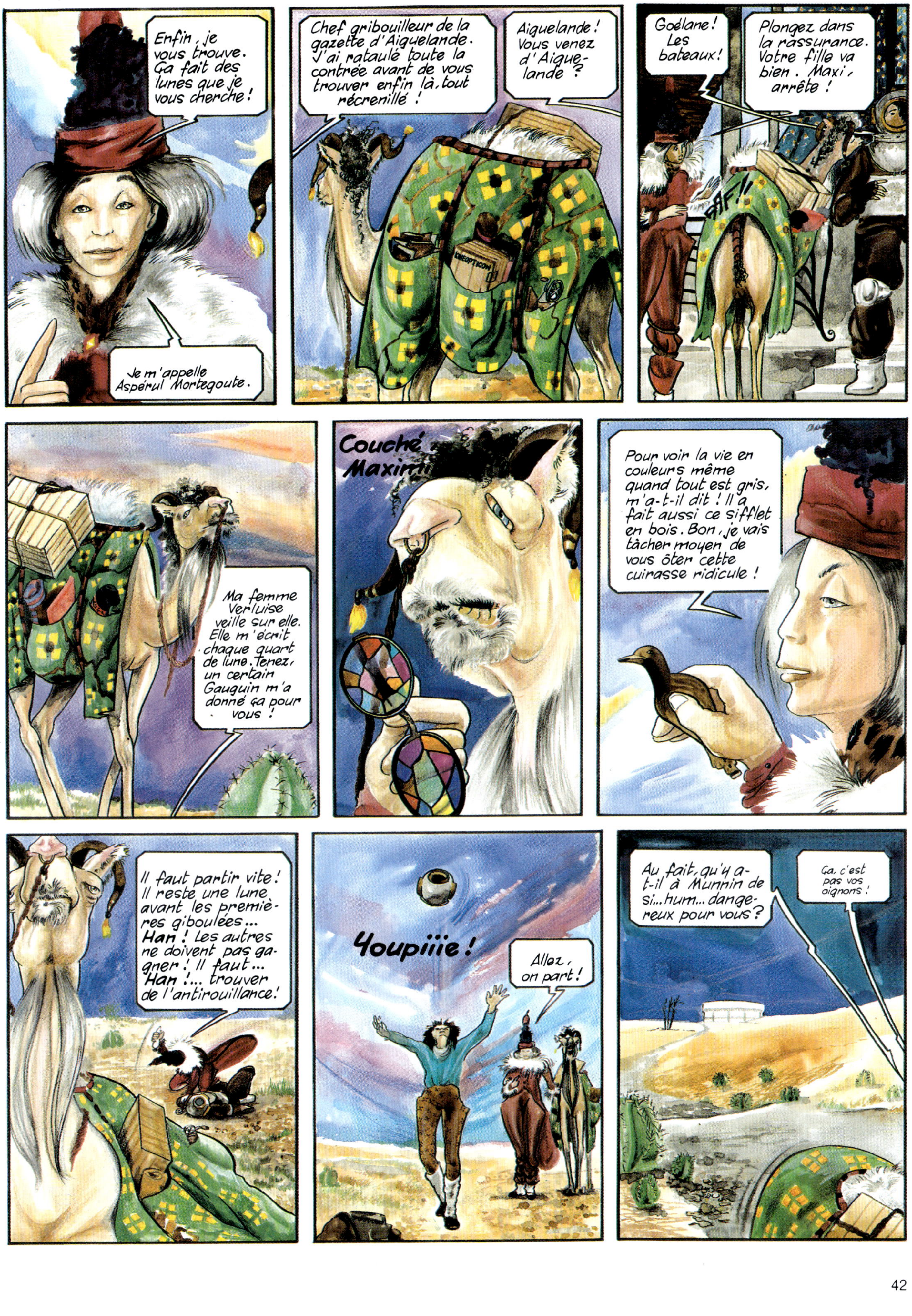
Enfin, je vous trouve. Ça fait des lunes que je vous cherche !
Je m'appelle Aspérul Mortegoute.
Chef gribouilleur de la gazette d'Aiquelande. J'ai rataulé toute la contrée avant de vous trouver enfin là, tout récrenillé !
Aiquelande ! Vous venez d'Aiquelande ?
Goélane ! Les bateaux !
Plongez dans la rassurance. Votre fille va bien. Maxi, arrête !
BAF !
Ma femme Verluise veille sur elle. Elle m'écrit chaque quart de lune. Tenez, un certain Gauguin m'a donné ça pour vous !
Couché Maxim
Pour voir la vie en couleurs même quand tout est gris, m'a-t-il dit ! Il a fait aussi ce sifflet en bois. Bon, je vais tâcher moyen de vous ôter cette cuirasse ridicule !
Il faut partir vite ! Il reste une lune avant les premières giboulées... Han ! Les autres ne doivent pas gagner ! Il faut... Han !... trouver de l'antirouillance !
Youpiiie !
Allez, on part !
Au fait, qu'y a-t-il à Munnin de si... hum... dangereux pour vous ?
Ça, c'est pas vos oignons !

Aspérul

Les filants noirs, ces guerriers venus de nulle part, gardiens des sciences perdues, sont à Aiguelande ! Pourquoi nous aident-ils, nul ne le sait. Du coup, bichant le danger, les Pieds-Secs, Balambois et d'autres, ont décanillé vite fait. Pèchebadin, lui, s'enturlute bien. Il s'est escargoté dans l'oubliance et il est bien trop rusé pour qu'on trouve une seule preuve contre lui.

Nous restons cependant punaisés dans la vigilance. Qui sait, d'autres groins-d'ânes sont peut-être rencognés dans l'ombre à reluquer vers nos herbages !

C'est que l'idée est séduisante. Des jardins partout sur les marais pour produire les parfums les plus rares ! Imagine, Aspérul, ce trésor qui dort là sous nos coques, et tu comprends combien nos cargos étaient gênance et pourquoi on a tout fait pour activer le mal qui les ronge, la LÈPRE ROUGE, la rouillance.

Mais le cauchemar est fini ! Vous pouvez rentrer. Ils connaissent un autre remède. Ils disent aussi qu'au sud, la pluie et le soleil font à nouveau germer la terre comme avant. L'espoir renaît. Mais l'œuf de la mort va éclore d'ici peu près du fleuve...

Goélane et moi vous attendons. Verluise

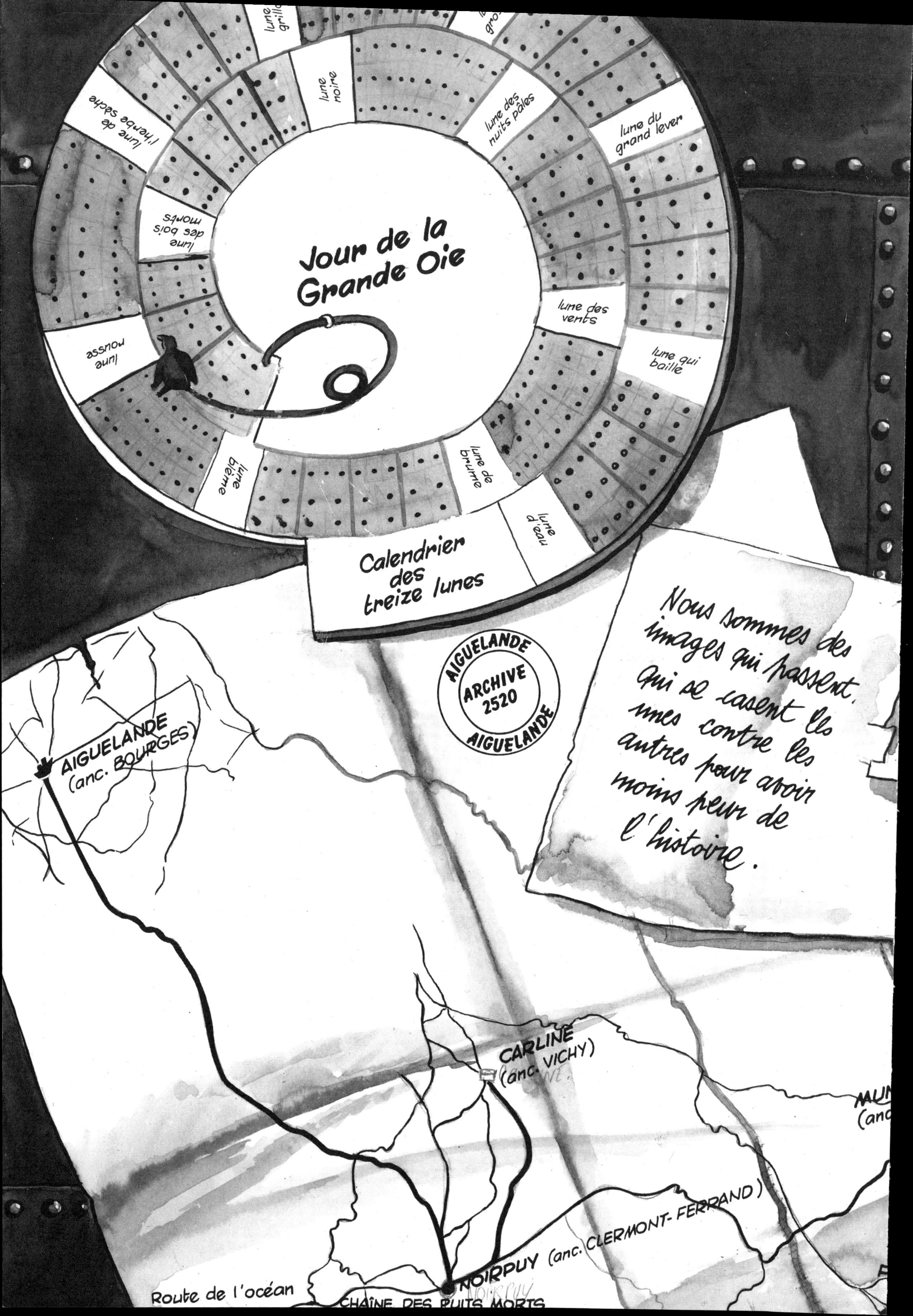

Jour de la Grande Oie
lune noire
lune des nuits pâles
lune du grand lever
lune des vents
lune qui baille
lune d'eau
lune de brume
lune blême
lune mousse
lune des bois morts
lune de l'herbe sèche
Calendrier des treize lunes
AIGUELANDE ARCHIVE 2520 AIGUELANDE
Nous sommes des images qui passent. Qui se casent les unes contre les autres pour avoir moins peur de l'histoire.
AIGUELANDE (anc. BOURGES)
CARLINE (anc. VICHY)
NOIRPUY (anc. CLERMONT-FERRAND)
Route de l'océan
CHAÎNE DES PUITS MORTS